のりもの おばけずかん

斉藤《さいとう》 洋《ひろし》・作　宮本《みやもと》えつよし・絵

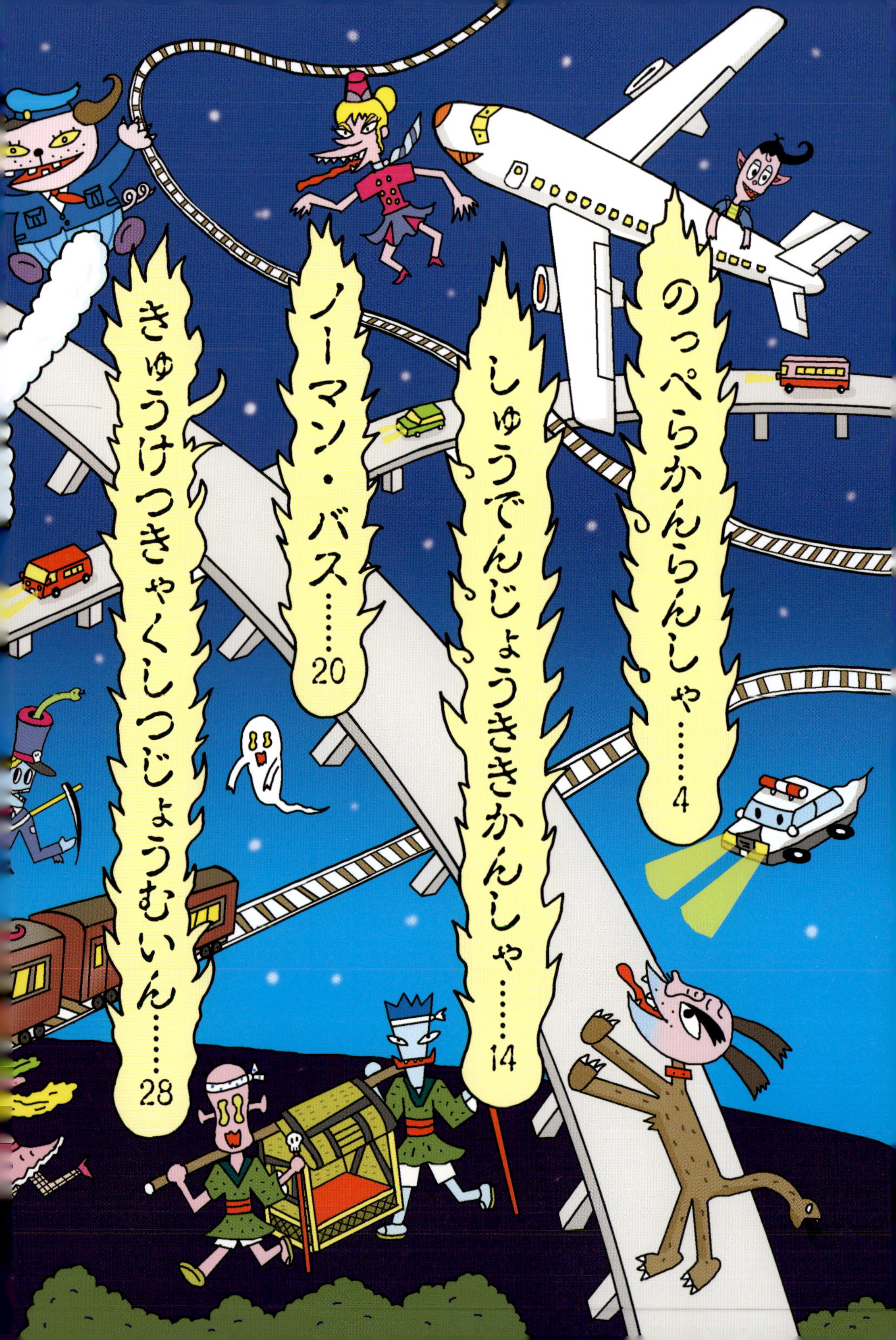
のっぺらかんらんしゃ……4
しゅうでんじょうききかんしゃ……14
ノーマン・バス……20
きゅうけつきゃくしつじょうむいん……28

こうそくどうろの じんめんけん……38
ベビーカーのジャンヌ……46
おむかえれいきゅうしゃ……58
ふしぎかご……64
まぼろしこうつうはくぶつかん……74
ノーマンバス
C44

いままで　あきちだった　ところに、
きゅうに　あらわれる　かんらんしゃ。
りょうきんが　ただなので、つい　のって
しまうと……。

ただですよ。さあ、どうぞ……。

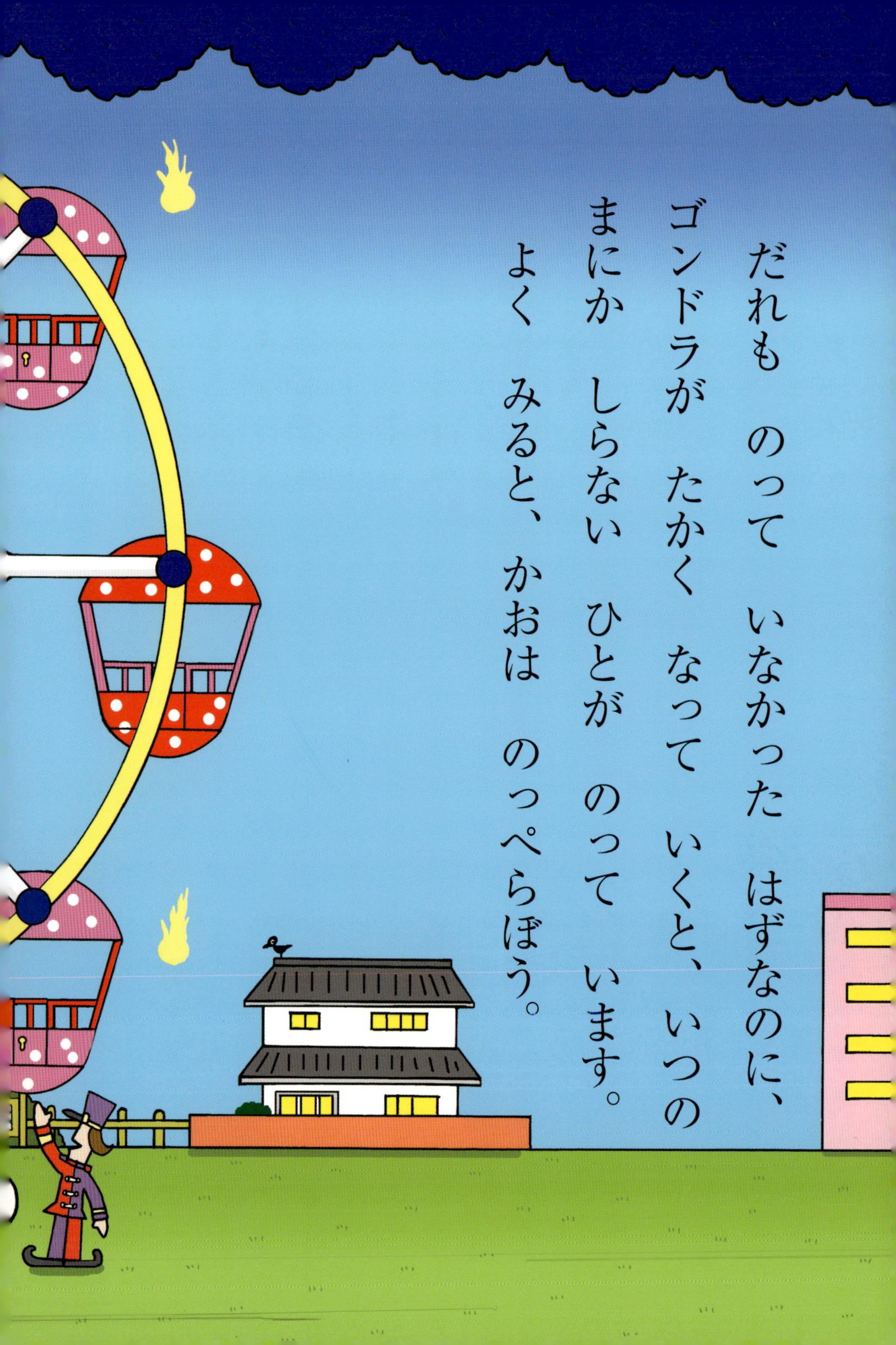

だれも　のって　いなかった　はずなのに、ゴンドラが　たかく　なって　いくと、いつのまにか　しらない　ひとが　のって　います。よく　みると、かおは　のっぺらぼう。

だんだん　たかく　なって　いくと、
おきゃくが　だんだん　ふえて　いきます。
もちろん、みんな　のっぺらぼう。
そして、ゴンドラが　いちばん　たかい
ところに　くると……。

ギギギギギーッ!

ゴンドラは　あさの　つうきんでんしゃの
ように、おすな　おすなの　ちょうまんいん！
とうぜん、みんな　のっぺらぼう！

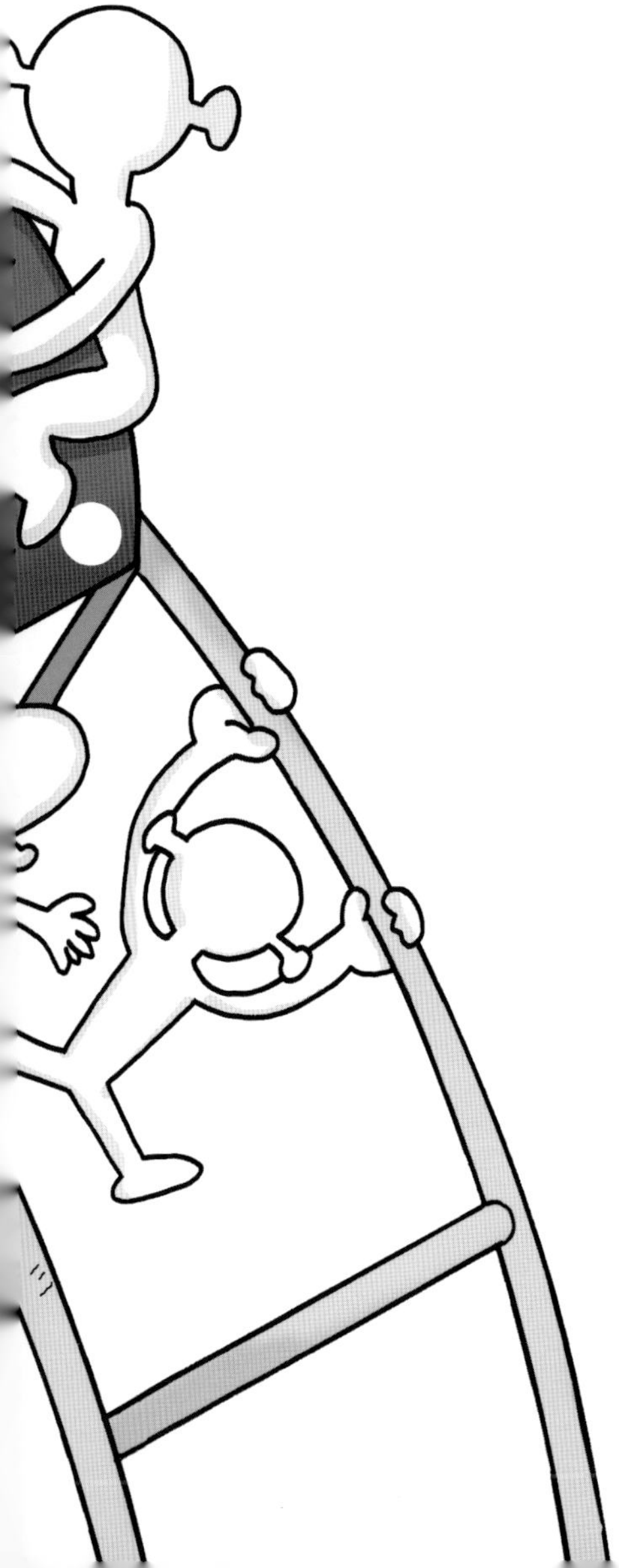

でも、だいじょうぶ！
ゴンドラが　さがって　いくに　つれて、
ひとり、また　ひとりと、のっぺらぼうが
きえて　いき、したに　ついた　ときには、
のっぺらぼうは　ひとりも　いなく　なって
います。
だから、だいじょうぶ！

しゅうでんじょうききかんしゃ

よなかに、さいごの　でんしゃが　いって
しまい、ホームの　あかりが　きえると……。
シュシュシューッ！
じょうききかんしゃが　ホームに
はいって　くる　ことが　あります。
しゅうでんじょうききかんしゃです。

C44
おばけずかん
うみ
やま

もちろん、のっては　いけません。
のると、れっしゃは　すぐに　はっしゃ。
「きっぷを　はいけん。おもちで　ない
かたは　せいさんします、じんせいを！」
しゃしょうさんは　しにがみです。
れっしゃは　あのよいき。

すし
すし

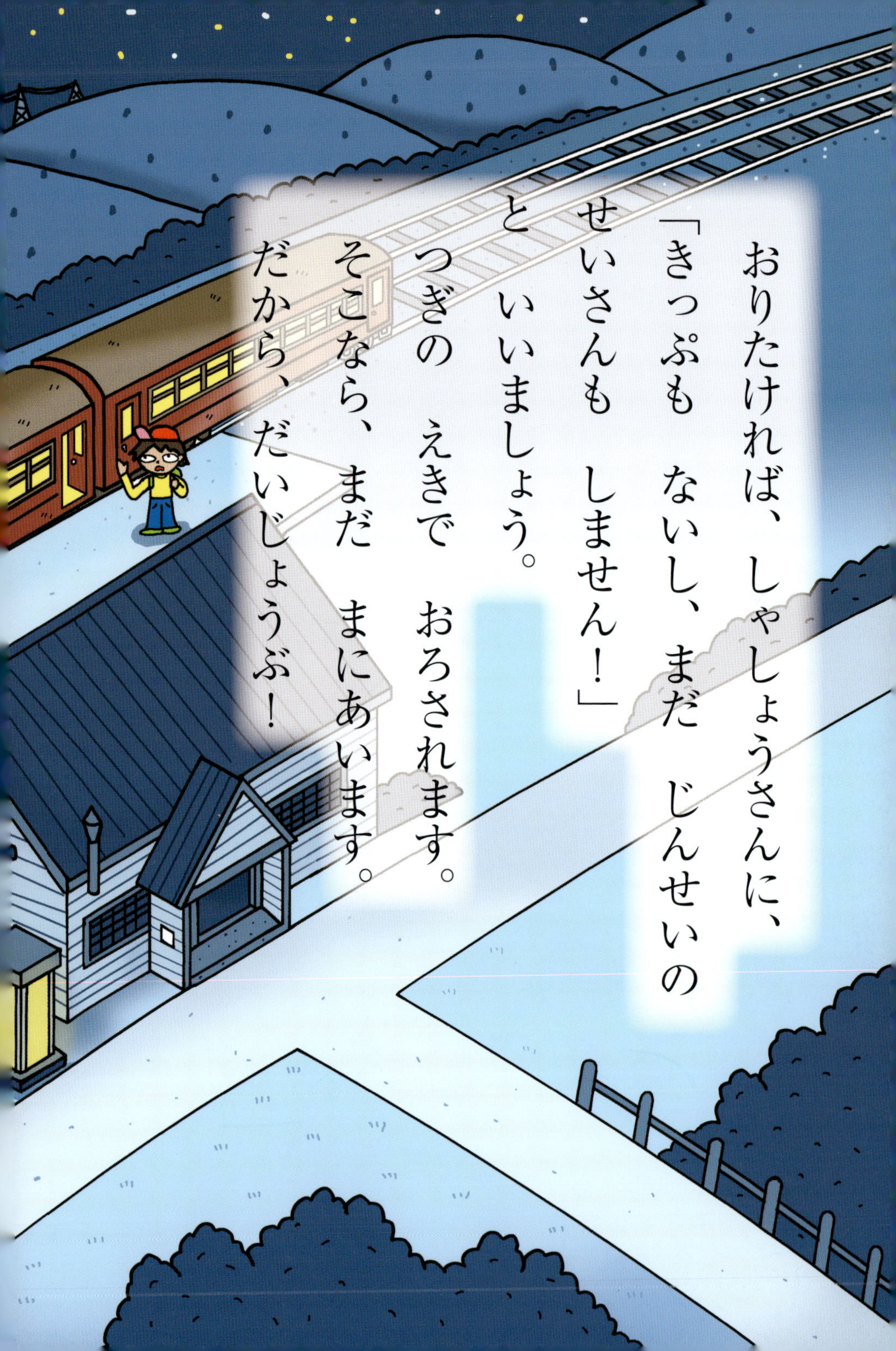

おりたければ、しゃしょうさんに、
「きっぷも　ないし、まだ　じんせいの
せいさんも　しません!」
と　いいましょう。
つぎの　えきで　おろされます。
そこなら、まだ　まにあいます。
だから、だいじょうぶ!

バイバイ
C44

ノーマン・バス

むかしは、　バスにも　しゃしょうさんが
いました。　いまは　うんてんしゅさん
ひとりしか　のって　いません。　だから、
ワンマン・バスと　いうのです。
ノーマン・バスには　うんてんしゅさんも
のって　いません。

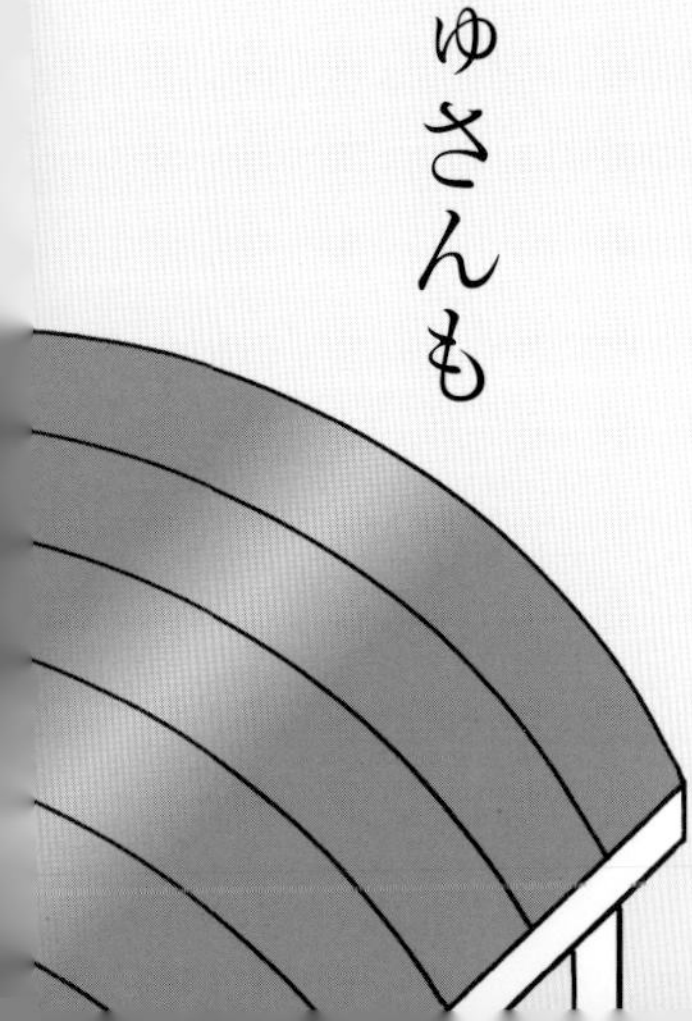

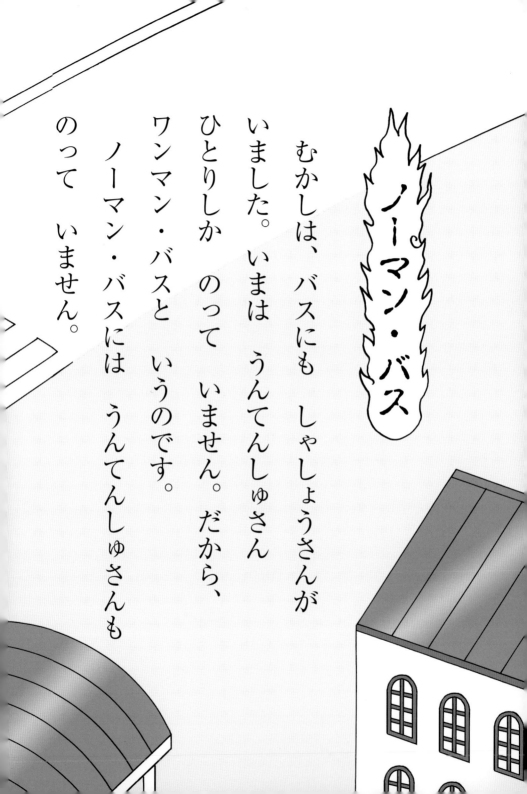

ノーマンバス
キーッ

でも、ノーマン・バスは
さいしんテクノロジーが　うんだ
ロボットバスでは　ありません。
しんだのだけれど、まだ　しごとが
したいと　いう　まじめで　りちぎな
バスの　うんてんしゅさんが
ゆうれいに　なって、
うんてんして　いるのです。

みえないと　ちょっと　ぶきみですが、
そういう　うんてんしゅさんが　うんてんして
いるのだから、のっても　あんぜんうんてんで、
だいじょうぶ！
ちゃんと　もくてきちに　つけます。
でも、うんてんしゅさんの　すがたが
みえないからと　いって……。

やみのくにいき
4949

りょうきんを　ごまかすと、その　よる、
ひとばんじゅう、まくらもとで、
うんてんしゅさんの　ゆうれいの　こえが
きこえつづけます。
ただのりは　いけません。
うんちんを　はらえば、だいじょうぶ！

おきゃくさん、こまりますねえ。ちゃんと
りょうきんを　はらって　いただかないと。
おきゃくさん、こまりますねえ……。

きゅうけつきゃくしつじょうむいん

やかんひこうの　ひこうきに　のって　いて、
よなかに　めを　さまし、ボタンを　おして、
きゃくしつじょうむいんさんを　よび、
「のどが　かわいたんですけど。」
なんて　いうと……。

ナッツ

「あら、きが　あいますね。わたしもよ！」
と　いわれ、いきなり　くびすじに
かみつかれる　ことが　あります。
　それは、
きゅうけつきゃくしつじょうむいんです！
　きゅうけつきゃくしつじょうむいんは
その　なの　とおり、きゅうけつきです。

ナッツ

ちを　すわれたら、その　よるから
だれでも　りっぱな　きゅうけつき。
まいにち、ごはんを　たべないで、だれかの
ちを　すって　いれば　だいじょうぶ。
めったな　ことでは　しなないから
だいじょうぶ！

よみちは
きをつけよう!

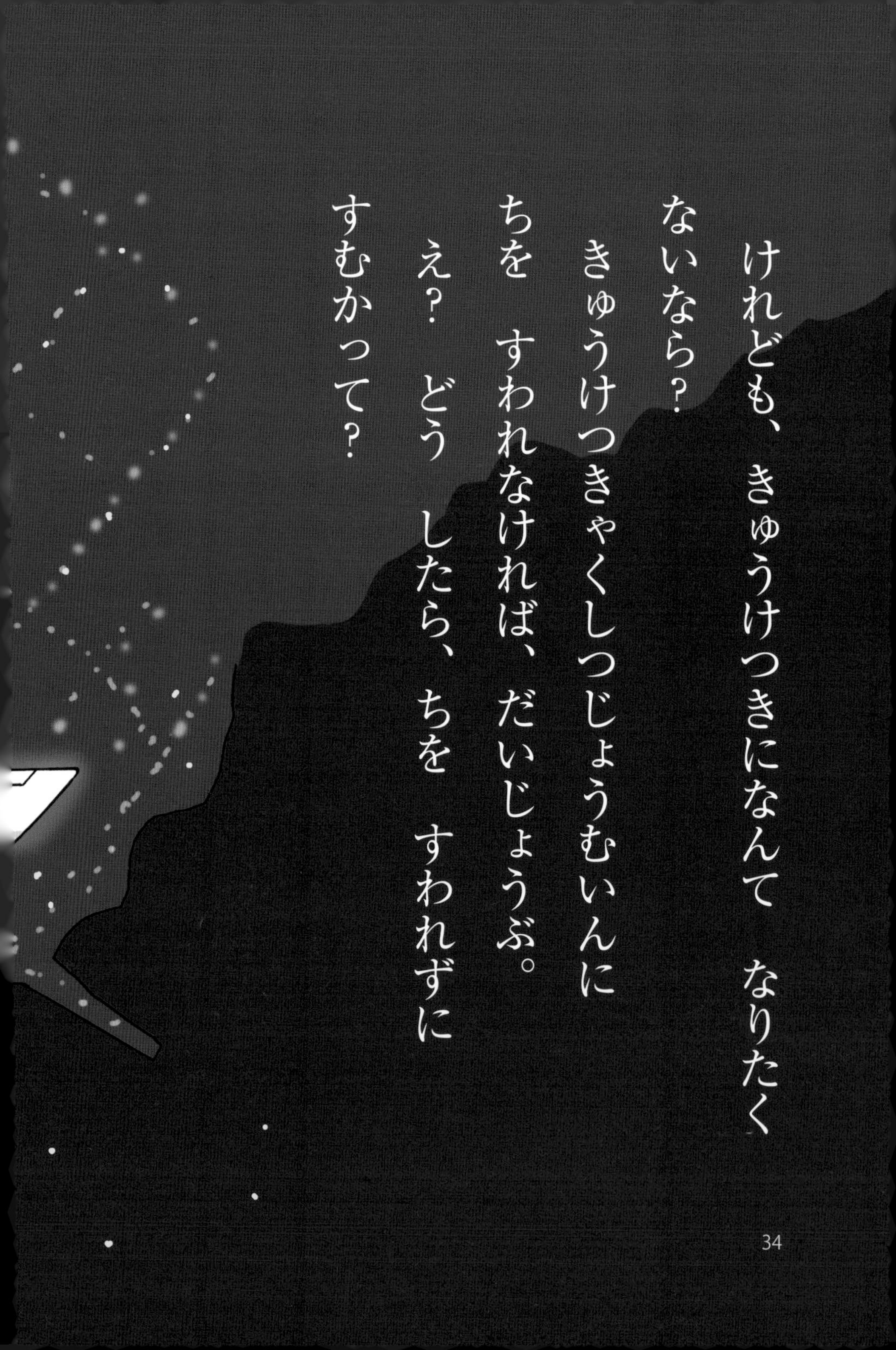

けれども、きゅうけつきになんて　なりたく
ないなら？
きゅうけつきゃくしつじょうむいんに
ちを　すわれなければ、だいじょうぶ。
え？　どう　したら、ちを　すわれずに
すむかって？

ひこうきで　ねむる　ときには、にんにくをいとで　つなぎ、ネックレスがわりに、くびに　まいて、ねむりましょう。

きゅうけつきは、にんにくが　きらいです。かみついて　こないから、だいじょうぶ！

もくてきちに　ついたら、にんにくをおみやげに　すれば　よろこばれるかも。

ZZZZ

こうそくどうろの じんめんけん

これは、 のりものと いうより、
こうそくどうろに でる おばけです。
こうそくどうろを くるまで はしって
いると 百《ひゃっ》キロいじょうの はやさで
いぬが まえを はしって います。

おばけずかん
おばけずかん

おいこそうと　して、ちかづくと、いぬは
ふりむき、おおきな　こえで　どなって　きます。
いぬが　くちを　きくのは　おかしいし、
かおを　みれば、にんげんです。
これが　じんめんけんです。

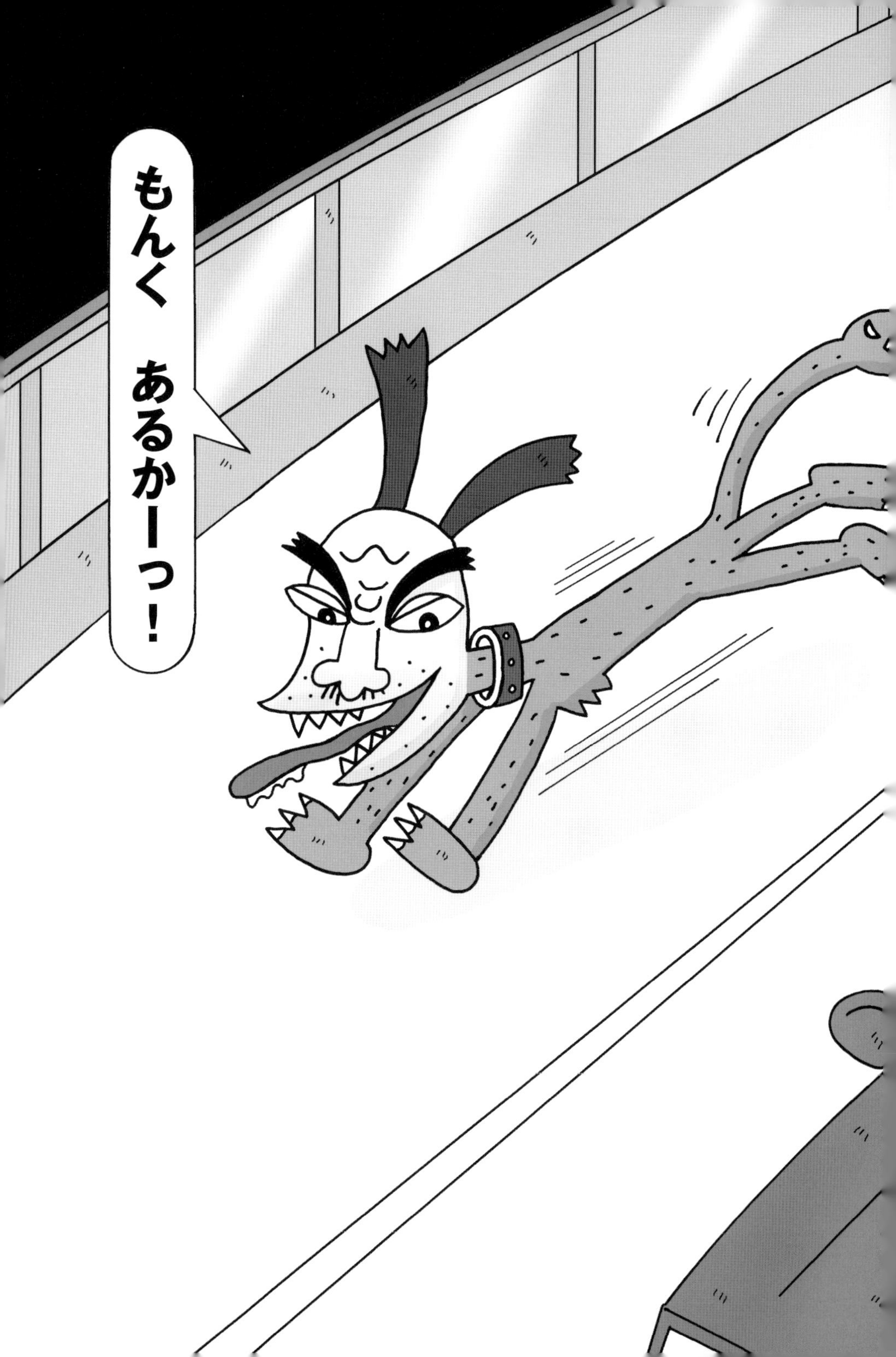
もんく　あるかーっ！

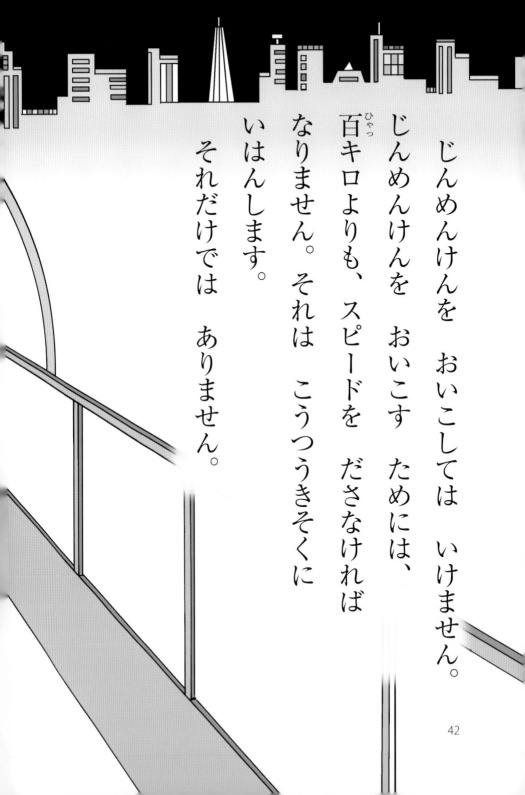

じんめんけんを　おいこしては　いけません。
じんめんけんを　おいこす　ためには、
百《ひゃっ》キロよりも、スピードを　ださなければ
なりません。それは　こうつうきそくに
いはんします。

それだけでは　ありません。

ブーッ！
777

じんめんけんを　おいこした　しゅんかん、
なぜか　ハンドルも　ブレーキも
きかなく　なり、たちまち　だいじこに！
そう　ならない　ためには、
おいこさなければ　いいのです。
あんぜんうんてんで　だいじょうぶ！

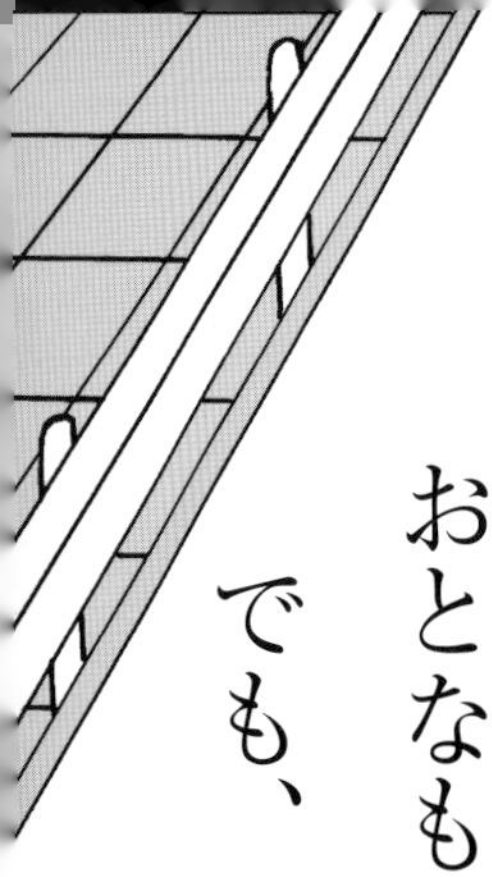

ベビーカーのジャンヌ

みちを　あるいて　いると、まえから
ものすごく　きれいな　おんなの　ひとが
ベビーカーを　おして　やって　きます。
ふつうよりも　おおきな　ベビーカーで、
おとなも　のれる　サイズです。
でも、だれも　のって　いません。

OBAKE
OPEN

すれちがう　とき、おんなの　ひとが、
「これに　のって、わたしの　うちに
あそびに　こない？」
と　こえを　かけて　きます。
でも、のっては　いけません。
もし　のると……。

そうですか？　じゃあ、ちょっとだけ、おじゃましようかなあ……。

たちまち　おんなの　ひとは　ベビーカーを
おして、はしりだし、ぐんぐん　スピードを
あげて　いきます。
どんどん　くるまを　おいこし、ますます
スピードアップ！
あかしんごうも　むし！
どんなに　さけんでも　とまりません。

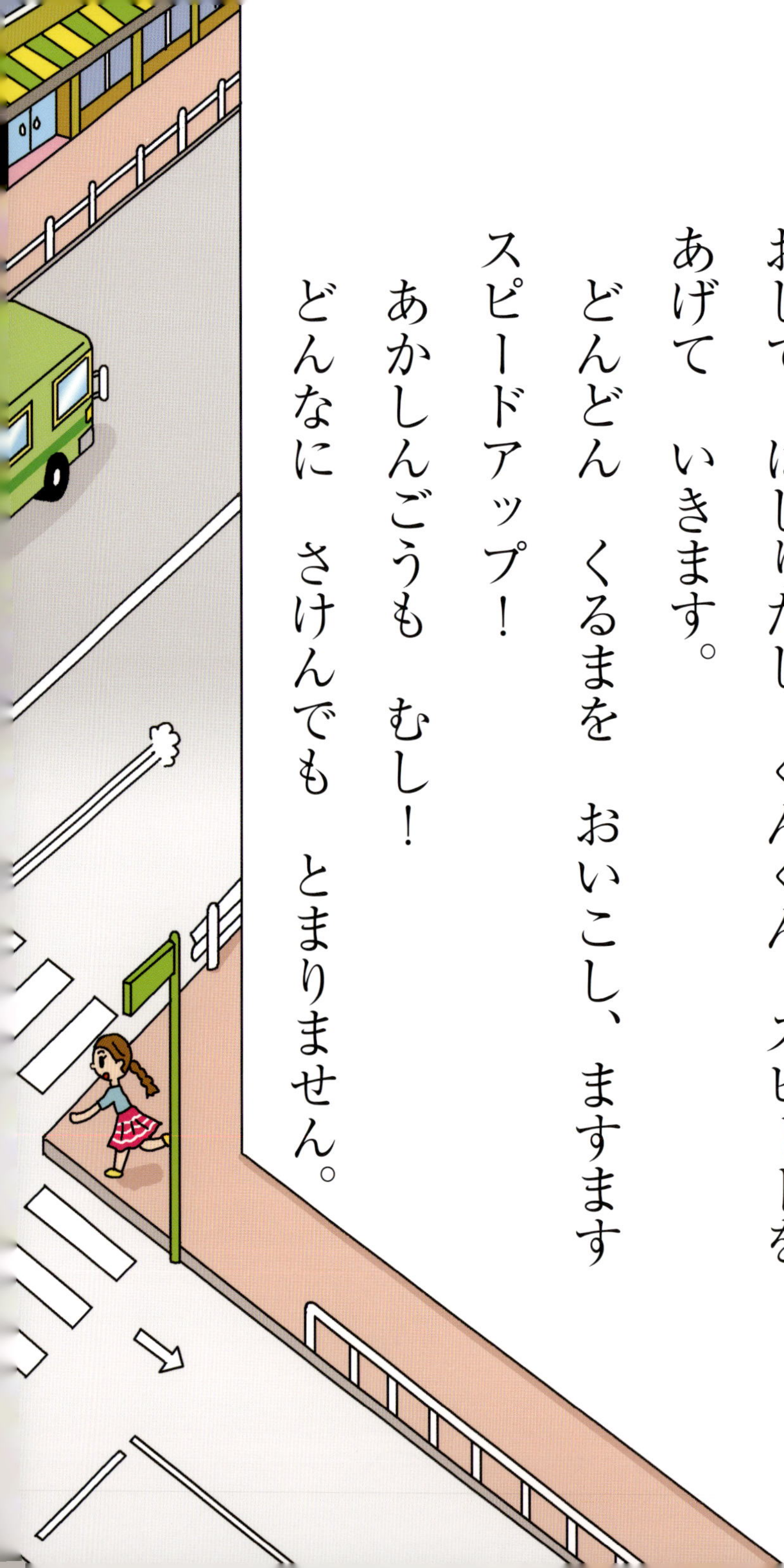

OBAKEZUKAN
キーッ

やがて、ベビーカーは　こうそくどうろに
はいります。
おや？　まえを　はしって　いるのは
じんめんけんでは　ありませんか！
ベビーカーは　ぐんぐん　スピードを
あげて、じんめんけんに　ちかづきます。
じんめんけんが　ふりむきました。

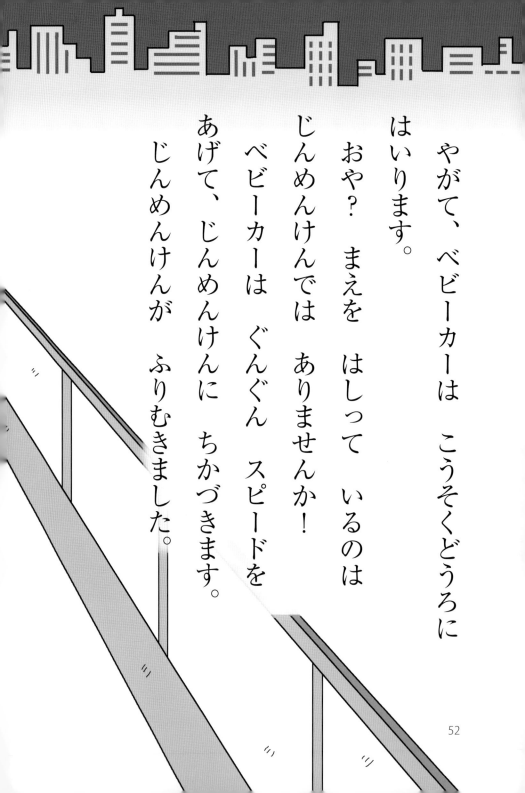

でも、いつものように、
「もんく　あるかーっ！」
なんて　いって　きません。
おせじわらいを　かおに　うかべて……。

じんめんけんを　おいこすと……。

ジャンヌも　ベビーカーも　のって　いる
ひとも　みな　きえて　しまいます。
どこへ　いったのかって？
さあねえ、それは　わかりません。
ベビーカーに　のった　ひとは　二《に》どと
かえって　きません。
けれども、だいじょうぶ。
さいしょから　のらなければ　だいじょうぶ！

おむかえれいきゅうしゃ

おそうしきでも　ないのに、うちの　まえに
いつの　まにか　れいきゅうしゃが
とまって　いる　ことが　あります。
うんてんせきは　くらくて、だれが
のって　いるのか、
わかりません。

4949

うんてんせきの　ドアを　ノックして、
「すみません。くるまを　どかせて
いただけませんか。」
と　いうと……。

どなたか、おなくなりに　なるまで、おまちして
おりますから、だいじょうぶで　ございます。
4949

なんど　たのんでも、どいて　くれないなら、
ひゃくとおばんに　でんわして、
「ちゅうしゃいはんで、こまって　います。」
と　いいましょう。
けいさつが　きて、レッカーしゃで　どこかに
はこんで　いって　くれます。
だから、だいじょうぶ！

バイバイ～
ガガガガガガー

ふしぎかご

しゅうでんしゃに　のりおくれ、えきの
タクシーのりばに　いくと、えどじだいの
かごが、やって　くる　ことが　あります。
「ちかくの　ホテルまで！」
なんて　いって、かごに　のると……。

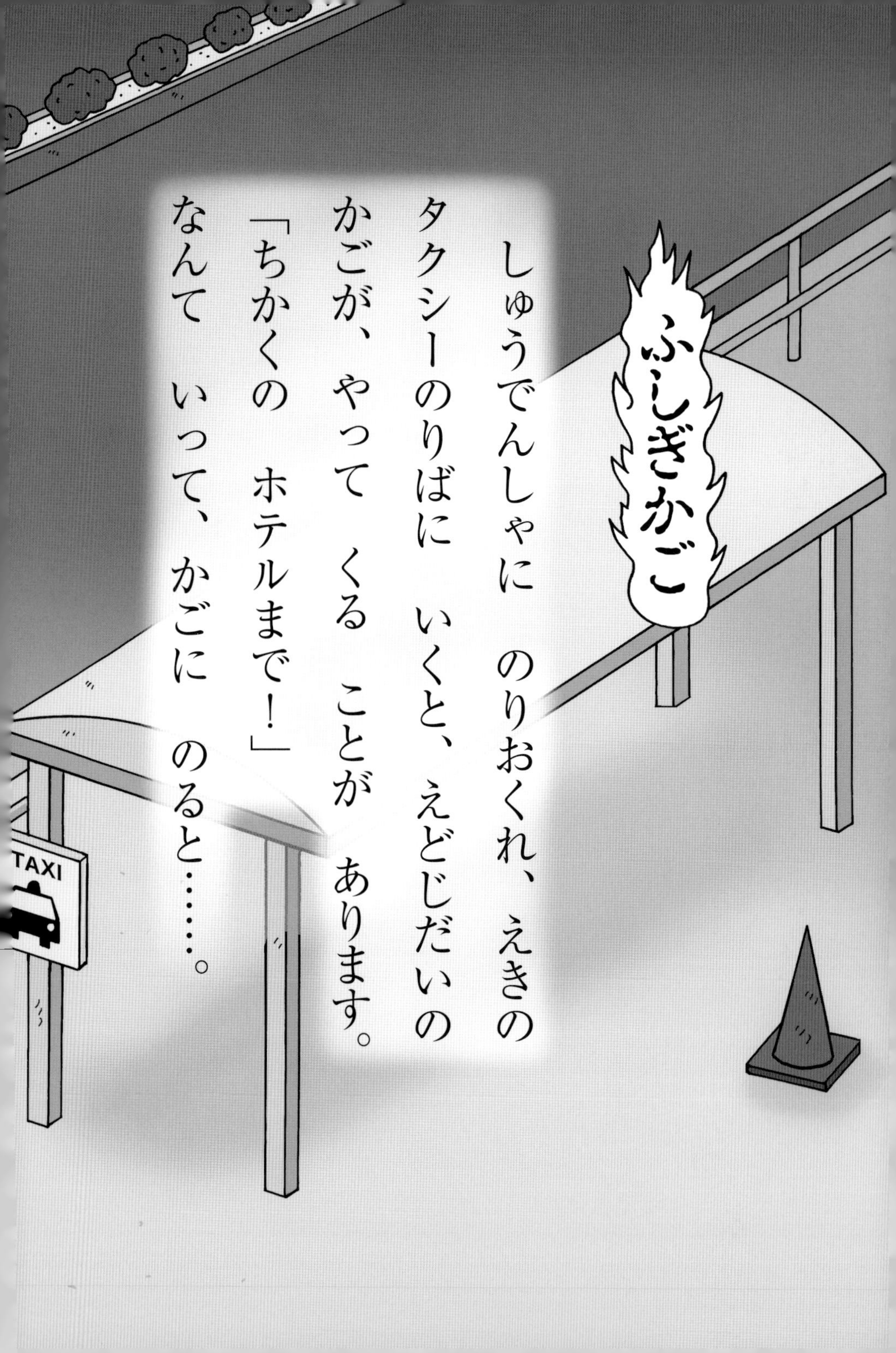

えいほ、えいほ！

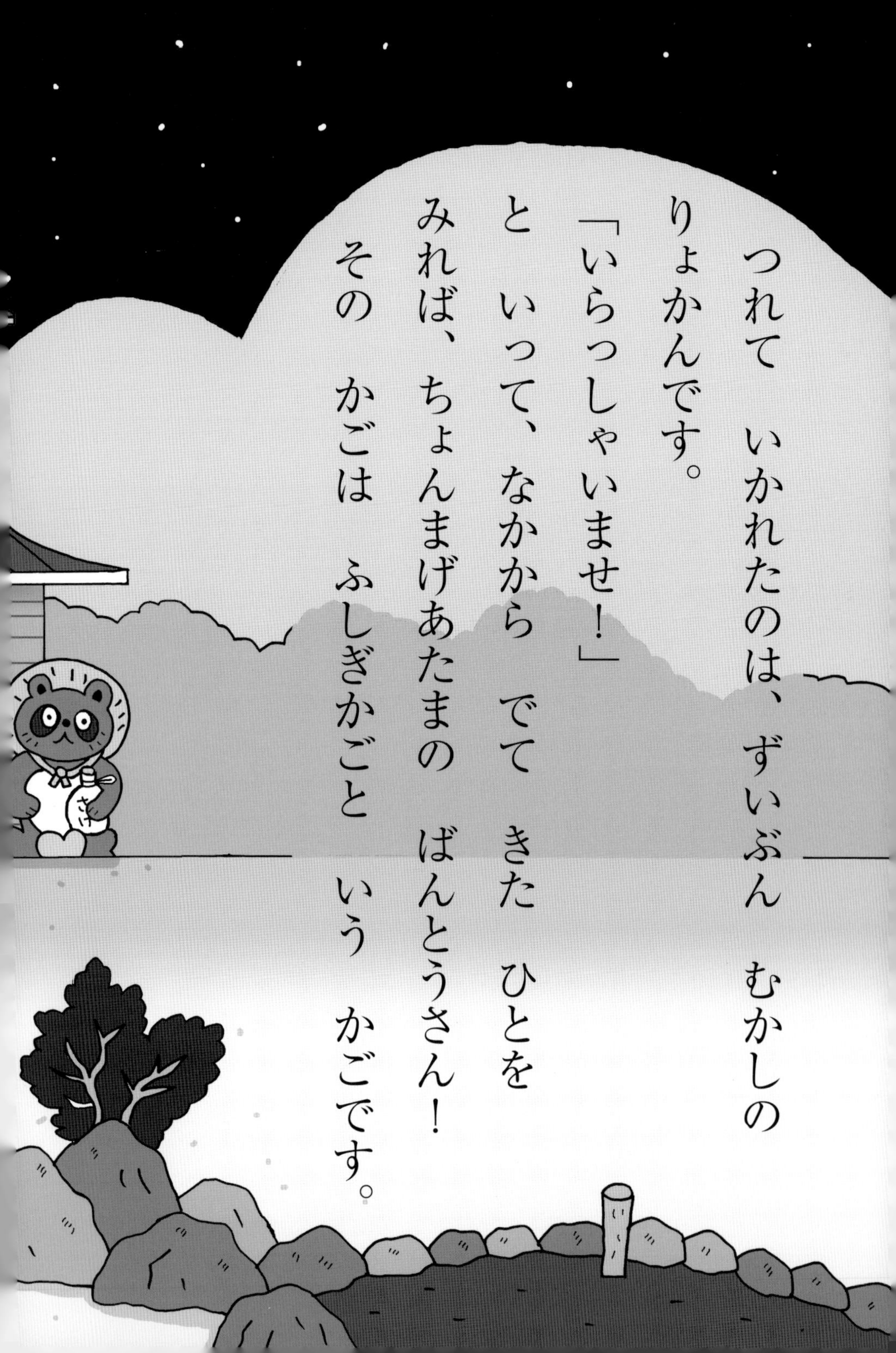

つれて　いかれたのは、ずいぶん　むかしの
りょかんです。
「いらっしゃいませ！」
と　いって、なかから　でて　きた　ひとを
みれば、ちょんまげあたまの　ばんとうさん！
その　かごは　ふしぎかごと　いう　かごです。

りょかん
宿帳

ホテルでは　なく、

「うちまで　おねがいします。」

と　いうと、えどじだいの　ごせんぞさまの

うちに　つれて　いかれます。

りょかんでも、ごせんぞさまの　うちでも

だいかんげいされ、おふろに　はいり、

ごちそうを　たべて、だいまんぞく！

なに、 おまえが わしの まごの まごの まごか。
まあ、 こんやは ゆっくりして いくが よい。

ざしきの　ふとんで　あさまで　ねむり、
「もしもし、おきゃくさん。」
と　ゆりおこされて、めを　さますと、
そこは　えきの　ベンチでは　ありませんか。
いったい、きのうの　かごは
なんだったのでしょう？　ばんとうさんや
ごせんぞさまの　しょうたいは？

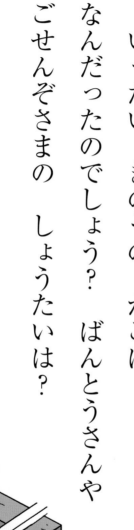

けもの
たぬき
きつね
おばけずかん

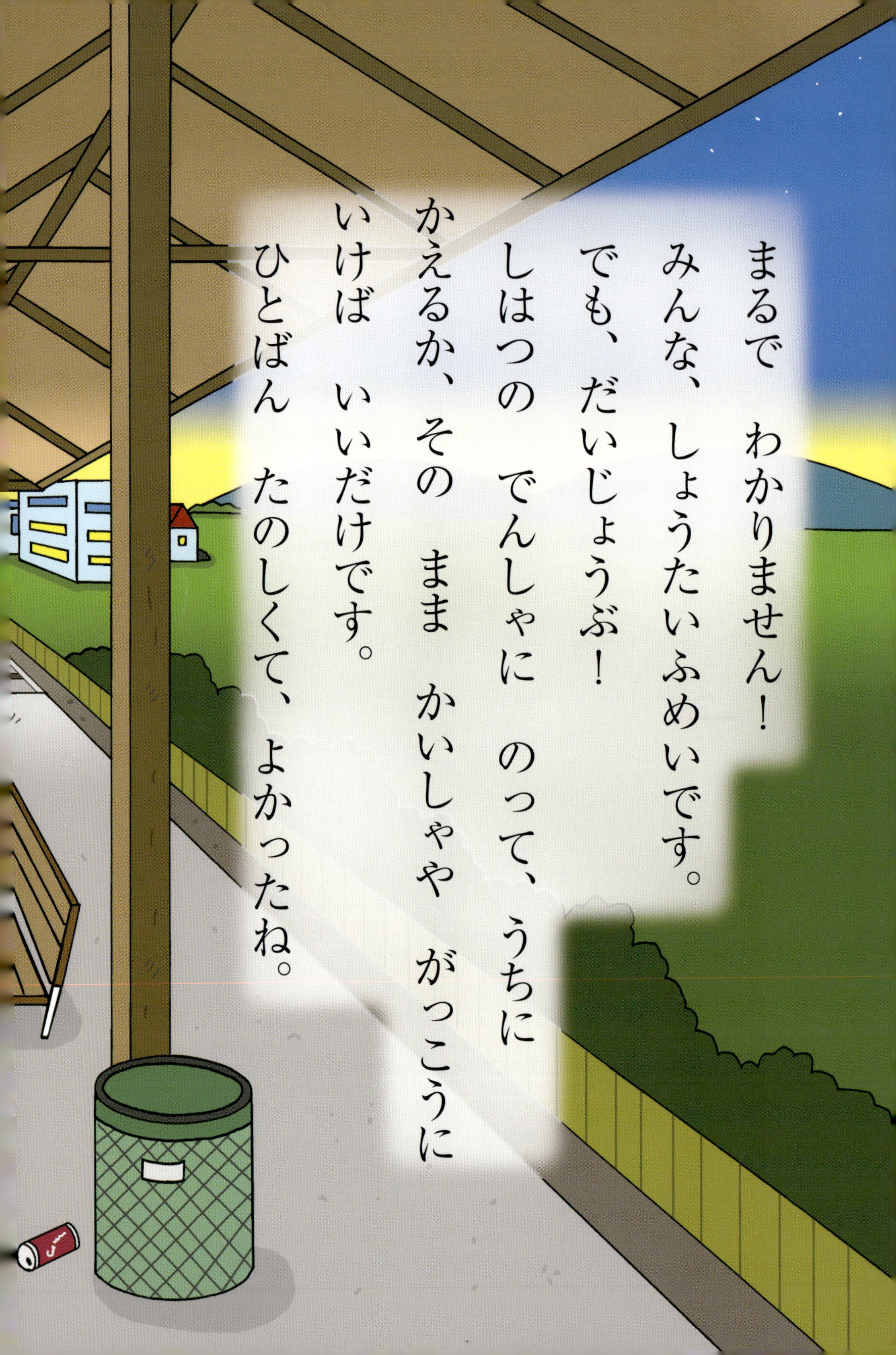

まるで　わかりません！
みんな、しょうたいふめいです。
でも、だいじょうぶ！
しはつの　でんしゃに　のって、うちに
かえるか、その　まま　かいしゃや　がっこうに
いけば　いいだけです。
ひとばん　たのしくて、よかったね。

けもの
きつね
たぬき

まぼろしこうつうはくぶつかん

ふつうの　はくぶつかんの　にわの　ずっと
おくに、たまに　あらわれるのが　この
まぼろしこうつうはくぶつかんです。
でも、のりものずきで　ないと、そこに
まぼろしこうつうはくぶつかんが　ある
ことにすら、きが　つきません。

まぼろし　こうつう
はくぶつかん

そこには、この　ずかんに　でて　きた
のりものおばけは　ぜんぶ　います。
ほかの　おばけにも　あえるかも。
ノーマン・バスの　うんてんしゅさんは
せつめいやくで、こえだけ　きこえます。
この　ほんを　もって　いれば、ただで
はいれるから、だいじょうぶ！